양들에 관한 기록

모악시인선 024

# 양들에 관한 기록

천병석

모악

## 시인의 말

많은 길을 걸어온 것 같지만
여전히 아무데도 가 닿지 못한
초조함과 당혹스러움이
늘 곁에 있다.

만약 띠가 하나 더 추가되어야 한다면
낙타띠를 보탬이 마땅하리라.
별을 보며 사막을 걸어야 하는
수많은 날들을
운명의 손금에 받아들지 않은 사람이
어디 있으랴!

걷다 보면 가 닿을 것을 믿는다,
여전히.

2021년 9월
천병석

# 차례

## 2부 소리, 산해진미

## 3부 푸른 점 위의 집

# 1부
# 낙타의 꿈

## 절경

한 주먹 움켜쥐고
창밖으로 던진 것은
새인가

제 뜨거움 못 이겨
골백번 더 창공을 열었다 닫았다
머리칼까지 풀어헤친
여름

날 선 빗금처럼
뚫고 나간 새들은
철따라 피는 꽃처럼
어디로 가서 또
새가 되나

창공이 아물 때까지
잠시 가려운 것은
여름인가
저 너른 가슴인가

## 사막과 바다

1
모든 자전거들은 바다로 가고 있다
바다로 가는 흐린 하늘
차례차례 그들이 지나간 길엔
언젠가 말하고 잊어버린
사랑해, 하는 속삭임이 철 지난 해바라기처럼 싹을 틔운다

모든 바퀴들은 사막으로 달린다
끝없이 이어진 선로처럼
모든 바퀴들은 사막으로, 사막으로 내달려
뜨거운 구름 위에 숨은 창틀 너머
끝없이 펼쳐진 바다를 지쳐 달린다

2
화살이 과녁을 찾아 날아가는 속도는
새로운 문명이 일어날 때마다
점차 빛에 버금가지 않으면 안 된다

때론 과녁 잃은 화살이 종작없이 파도에 휩쓸리거나
밤바다의 등짝, 겨드랑이 아무데나 날아가 꽂히기도 한다

창문 안의 한 세계는 텅 빈 병풍처럼 쓰러지고
그리움에 핀 해바라기마저 해변에 닿기 전 목이 꺾인다
비와 바람과 거센 파도 넘실대는 창밖으론
안으로 들어가지 못한 꽃들이 산더미처럼 쌓인다


3
나와 그대가 만나 검붉은 꽃 한 송이 사막에 낳았으리라
자전거와 바퀴가 당도한 모든 그곳의 바다
나와 그대가 만나 새하얀 알 하나 그곳에 남겼으리라
모든 것을 빨아들여
아득히 휘감아 도는
검은 회전回轉
꽃잎 천지사방 휘날리는, 서로가 서로를 알아보지 못해도
우리가 낳은 알 우리 서로 알아보지 못해도


물과 불과 바람이 만나
빛과 어둠이 만나 저어기 저, 푸르고 검은 바다가 되었으리라
바다와 사랑이 온통 넘치며
우리 안에 흘러, 들어와
우리를 버리고 다시 바다로 간다
사랑해……

## 공중의 어떤 입구

흐린 날
거실 유리창 너머
허공에 비쳐 떠 있는
식탁 위의 둥글고 흐린 전등 빛

희미한 아궁이 같이
둥글게 입 벌린 그것은
다른 세상으로 들어가는 입구처럼
15층 아파트 거실 너머 공중에 떠 있다
눈 있는 모든 사람들과
시를 쓰는 사람들이 마음에 품고 있을지도 모를
다른 세상으로 가는 입구처럼
어떤 지친 발걸음이 서둘러 찾는 출구처럼

어디론가 떠나거나 혹은
사라짐을 마냥 나무랄 수만은 없는지도 모른다

배추밭 한 뙈기라도 가꾸어 보았거나, 거름 한 짐이라도
져본 사람
쌀 한 포대든 밀가루 한 포대든 져본 사람
만년 말단에 머무른 책상 노동자든 아니든

길가 작은 꽃집의 주인이든 아니든
호숫가 수타면 반점 주인 혹은 배달원이든 아니든
시를 썼든 아니 썼든

가만히
공중의 출구로 나가보겠다는 사람을 나무랄 사람
세상에 영, 없지는 않겠지만
가 보고는 돌아 나오지 않을 사람
그는 그대로의 이유가 있다고 믿어주자
가 보고는 별 것 없더라 하고 돌아 나올 사람
그는 그대로의 까닭이 있다고 생각해주자
에잇 저것, 하고 커튼을 쳐버리는 손길은
손길대로 이유가 있다고 믿어주자

흐린 날이 아니었더라면
흐린 유리벽이 없었더라면
영원히 보이지 않았을 공중의 저 좁은 출구
세상일에 지친 누구나 며칠은 좀 쉬었다 나올 수 있는
갯벌에 뚫린 게 구멍 같은 그런 집이었으면 좋겠네!

## 바다, 나무, 바람의 친화


바다가 무엇이냐 묻지 마라

늘 언제나 그대 앞에 놓여 일렁이는
몇 잔 술에 붉어지는 고요 같아도
수억만 장의 발효되어 누운 꽃잎이거나 콩잎이거나
속 알 길 없이 누운 몇 만길 누선淚腺 아래 음습한 폭약이
거나

네가 태어난 산야山野는 그렇게 말하지 않더냐?
(땅이 말려 올라가지 못하도록 못처럼 박아둔)
땅의 네 귀퉁이 장대한 구릿빛 기둥에
밤낮으로 와 부딪는 바다의
신열이 너무 뜨겁거나 찰 때에도
오롯이 지나도록 몸 열어줄 뿐
산자락의 억새와 떡갈나무는
어떤 해석이나 친절, 말씀 같은 건 내놓지 않네
다만
우리가 바다에 잠긴 것이 아닌
바다가 우리들 안에 잠들어 오래 몸부림치고 있었던 것,
이라고
주석을 달 법도 한데

그러나

광포하게 달리는 바람들만이 바다의 상심을 다스리거나

파도가 파도를 여는 황홀을 잠시 간섭할 수 있을 뿐, 이란

말씀 정도는 해줄 수도 있으련만


그런데, 그럴 일은 없겠지만 말이네

모든 곡식과 과일들, 산 것들이 불현듯

임종臨終의 제단에 오르길 거부한다면

땅의 네 귀퉁이 장대한 구릿빛 제단 세운

사람들의 온순함, 그리고 그들의 때 아닌 침묵의 공포는

누가 다스려내겠는가?

과연, 바람의 친화가 아니라면

삶과 죽음 사이에 가로놓인 저 파도를

누가 어루만져 잠재우며

곡식이나 과일을 누가 대지에 누일 수 있으리!


언제나

바람을 키우는 건 비탈에 선 저 나무들

그리고

수억만 장으로 발효되어 누운 바다

저 자신이다!

# 혜성이 모두 친절하진 않다 1

마른 흙은 물이 되어 끓어오르고
진흙은 꽃이나 물푸레나무가 되기도 하였다
끓어오른 물방울 몇은
다시 딱정벌레가 되어 창문 너머 달아나기도 했다
한밤중 창문을 깨고 날아든 돌멩이는
손닿지 않은 공중에서 마른 흙처럼 부서진다
그 중에 몇은 용케 딱정벌레로 위장한 채
혜성으로 다시 돌아간다

나를 찾아온 혜성이 모두 친절한 것만은 아님을
달력을 뜯어 나는 은밀히 기록해두었다
숲속의 여우는 때 아니게 엄나무였었고
친절한 토끼는 본의 아니게 찔레꽃이 되었다
뜨거운 돌멩이는 감당할 수 없는 속도로 회전하며
물푸레나무 속에 뻗은 물길로 거품도 없이 사라진다

모든 운동의 방향을 남김없이 관측하기란 불가능하다
하늘로 치솟은 혜성, 허공에 걸린 시계
그 누구의 얼굴이든 등짝이든 나는
시력과 사력을 다해 기록해두려 한다
모든 것들이 개미처럼 집으로 잘 돌아가야 하기 때문이다

12를 지나 다시 6으로 가는 시공간
간이역의 뒤뜰 같은 곳 함부로 기웃거리지 않도록
허공에 점점이 불 밝힌 나트륨 등을 나는 끈다

## 혜성이 모두 친절하진 않다 2

슬픈 노고가 먼지처럼 쌓인 창틀 너머
고양이는 나비가 되어 날아가고
벗어놓은 고양이는 눈처럼 오래 녹는다

주어진 것은 탈곡한 나락 껍질 같이 버려진 도면
하나뿐인 바늘이 툭, 6으로 쓰러져 오고
그 짧은 순간을 이용해 토끼는 사자가 되어 뛸 수 있을까
지상의 패랭이꽃은 단 한 번이라도 백합꽃으로 필 수 있을까
덜컹이는 바람에 쓰러질 듯 버티고 선 간이역 유리창에
반죽 진흙처럼 흘러내리며 나는, 생각한다

고통이란 고통은 죄다 무거워진 혜성이 지나갈 때
토끼와 여우, 물푸레나무 열매들
서로 몸 바꾸어 뒤척이는 시간
나의 일과는
부딪혀오는 바람과 지푸라기의 내력까지 남김없이 적는 일
낮과 밤의 경계가 서로 섞이지 않도록 창문을 내리는 일
기다리면 언제나 오는 차례처럼 별들이 부풀어 오를 때
죄란 죄는 모두 화톳불에 던지고
세상 밖에 있는, 어떤 세상 안으로
가만히 낙과를 기다리는 과일처럼

세상 안에 있는, 어떤 세상 밖으로
툭!
굴러가 영원히 잠이 드는 일

## 낙타의 꿈

—'점점 빠르게' 그리고 '점점 느리게'

1

꽃 속에 숨죽여 오는 구름과 공포를 나는 알지 못하고
저녁, 낙타를 걷게 하는 바람의 힘만을 믿는다

일평생 장미의 화관을 쓰고 싶은 자
칼에 찔려, 굴형에, 살리라!
하나의 생이 오롯이 건너야 할 바다가 있고
바다의 탄생을 찬양하는 질그릇들의 목소리 검푸르다
제단 앞에 제각기 감당해야 할 한 그릇씩의 바다가 놓이고
믿지 못하겠다는 듯 새파랗게 질린 우리는 다만 얼버무리고
부정해본다, 난 꽃이 아니며, 아직 태어나지 않은 꽃일 따름
낙타들은 이미 도착해 한 꾸러미의 소포처럼 우리를 옮길
태세다, 벌써 구름 위에 앞발 올려놓는 녀석도 있다
아직은 바다가 모래 바다인 걸 모르는 까닭이다, 아직은
낙타가 어리석은지 우리가 심약한지 그 누구도 분간할 수
없으며
책망하기엔 너무도 이른 시간

힘겹게 피는 저 사막 꽃은 무슨 꽃일까요?
(기어코 너는, 바다라고 우긴다)
찰랑찰랑 물결이 발 간질이던 아주 짧은 날, 이마에 흐른 땀

훔치며 수평선 바라보던 섬 그늘에서의 단 한 번의 추억
초록의 당돌한 입술로 세계를 돌리는 저,
바다의 이름을 나, 너, 우리 모두 아는 이 없어라
1/100 박자로 춤추는 저 꽃의 표정이 너무도 곱지 아니한가!
100에 하나, 베개 하나만 들고 집에 돌아가라
좋은 말과 말이 말로써 행해질 때 돌아가라
죽은 작년의 낙타가 우리의 등을 토닥이며 말할 땐,
(이미 돌이키기엔 늦다) 바다의 문이 쾅, 닫히고
문 너머 희미하게 멀어지는 목소리, 혼……

코카콜라 신경질적으로 웃는 푸른 넥타이 뒤엉킨 뱀들
뒷걸음치며 금 가는 얼굴 영원히 제 몸 휘감아
꽃피는 불의 자유로움과 냉혹한 차가움
못들은 식물과 친밀하나 몸을 찌르는 건 마찬가지
내년에 죽은 낙타에 오를 땐 명심하라, 살들이 우수수
물과 바람과 식물로 돌아가려 석양에 나부낄 때 형체만
남은 네 뼈가 청동검처럼 영원을 꿈꿀 때, 바로 그 순간의
정념과 명멸에 도취하여 쓰러지고 마는, 추억이라니……
                    (단 한 번 네 목을 칠 수 있는 기회였었다!)
피할 수 없이 폭풍이 오고, 바다가 민물이 되거나 민물이
바다가 될 때 수많은 나무들이 스스로 멸滅

적멸하리라!

그러나 비명이여,
닭이 놀라고 소가 울고 온 수풀 쓰러질 거대한 구름이 오
는가
그리고 비명이여,
나는 무엇을 책임져야 하고 어떤 꿈으로 죽어야 하는가

한때 망각이었던 거대한 늪, screen 저쪽으로부터 뻗어 와
우리의 목을 차례로 죄어오는 거대한, 정처불명의 뿌리들
녹슨 칼처럼 절그럭거리며 군집을 이루어 나아가야 하는
치욕, 치욕을 움직이는 계속되는 근육의 습관들
무처럼 뽑아내지도 못한 채 점점 끌려 들어간 안개 속에
혼곤히 살 부비며 안개의 살갗에 푸른 불 일도록
안개의 입을 벌리고 허겁지겁 서로의 살을 퍼, 먹는다

하늘의 태양은 왜, 언제나 감추기에만 급급한가
모든 식물과 동물의 아버지여, 그대가 숨긴 것은 과연 무
엇인가
배들이 주검을 부리고 임종을 지키는 동안 뿌리란 뿌리는
죄다

기어 나와 질그릇을 삼키고, 귀밑까지 올라온 뱀처럼 날름대며

또 다른 세대와 또 다른 먼 곳의 동물과 식물을 희롱한다

참다못한 장미꽃은 물의 고막을 찢어, 소리친다

이제 차고 넘치도록, 충분히, 치욕스러워!

뜨거운 돌과 습포 한 조각을 컹컹

세계의 면전에다 토해놓는 저, 불경한!

낙타를, 가방에, 집어넣어!

2

기뻐라,

찢겨나간 네 얼굴 27page 사막은 낙타를 삼키고

영문 모를 바다는 배를 토하며

땅은 폐렴처럼 자주 가시장미를 뱉는다, 달에서는 시간이

썩어 넘쳐 나, 너, 우리의 눈썹 위로 폭설처럼 건너온다

언 손가락과 어안이 벙벙한 동공이 얼어붙은 채, 풀썩

주저앉는다, 네 개 중 하나가 모자라는 다리 없는 의자가

흔들린다, 그때까지 TV는 이 세상 모든 이를

잠재우지 않는다

척수까지 내려온 뿌리가 입이나 코로도 기어 나온다, 그놈

이 멈추는 곳은

언제나 TV 앞이고, 막 잠이 든 네 눈을 벌려 TV 불빛을 쏟
아 붓는다
왜 별빛을 쏟아 붓지 않는가? 저항할 때만 바람이 분다!


너를 바라보면 관 뚜껑이 열린다
너를 바라보면 모든 상자들이 열리고 너를
바라보면 신발이 벗겨진다 너를 바라보면 꽃들의 입은
영원히 다물어지지 않아, 커튼 아래로 훌쩍이는, 담배를 피
는, 라이플총으로
사람을 겨누는 온갖 집요하고 잡다한 사내들이 흘러내리
고, 자주 콜라병이
그 위를 굴러가 진공청소기처럼 빨아들인다, 밤마다 마실
수 없는 한계
마실 수 있는 치사량을 초월하여 추락하는 고양이, 잡아당
긴 미역줄기에
매달려 너를 본다 바라볼수록 공기의 천연덕스러운 부패와
그 찬연한 무거움까지 느껴진다, 물장구나 치며 놀고 있을
때가 아니라고
모든 입들이 입을 모아 줄달음 칠 때, 금붕어처럼 껌벅이
며 피는
혀 없는 장미꽃이 얼음처럼 나를 녹이는 꿈

천 갈래 만 갈래 잎으로, 헤어져 피는 꿈
네가 먹은 내가, 내가 먹은 네가 벽면을 타고
오래, 천천히 흘러내리는 꿈
(사실은 그건, 구름이 자신을 찢어, 배어나온 물이야!)
빗방울 떨어진 자리마다
아픈 새싹처럼 낙타가 돋아나는 꿈


3
모래를 털고 일어나, 나는, 바라본다


달 없는 사막 아래 어딘가로
희미하게 흐르는, 물, 소리를
쫓는다!

**바람이 분다**

구름 속이든 천 길 땅 속이든
캄캄 어두운 바위 속이든, 바람이 있는 한
낙타와 나무들은 걷고 또 걸어올 것이다
뜬눈으로 건너온 천리 길 저 너머
물의, 소리가, 들릴 것 같지 않은가!
때로는 보는 일마저 안개에 갇혀 얼마나 힘에 겨운가!

식물도 아닌 광물도 아닌 저들의 거친 숨소리 달을 울릴 때
신음만으로 이루어진 신음의 선혈, 두 귀 가득 차오를 때
모래 속에 묻힌 청동검처럼 떨며, 동강난 몸 움켜쥐고, 나는
안과 밖, 위아래조차 분간할 수 없이 금간 이 오래된 세계를
처음인 듯, 아주 오래, 바라본다
툭, 툭 씨앗처럼 터지며 나의 살을 뚫고, 그 무엇이든
새싹처럼 돋아나올 때까지!
안개의 입자들이 서로를 끌어당겨 물방울이든 눈물이든
세계의 면전에, 그리고 저들의 지친 눈앞에 그 무엇이든
한 송이 꽃처럼 피워낼 때까지!

4
사막 밑으로는 모래들이 거센 여울처럼, 파도처럼
어둔 밤을 쫓아 달리는 선조들의 한 서린 뼈처럼
모래층 속을 온통 미쳐버린 듯 휩쓸고 다니는 게 아닐까?

아니, 그건 콘센트 잃은 플러그들이 우우 우는 것일까?
퓨즈가 타버린 기계들, 플러그 뽑힌 TV들 모래바람에 떼
로 쓸려 다니며
들개처럼 제 살 물어뜯어 울부짖는 중일까?

껍질째 너덜거리며 두 동강 세 동강 나버린

브라운관, 모니터들이 입 속에 한 됫박 모래를 물고

지독한 악마처럼, 무덤의 젖은 산을 이룬 채 우우 울고 있
는 것일까?


낙타가 딛고 가는 사막에는, 오늘도, 두꺼비 눈알처럼 껌벅
껌벅

켜졌다 꺼졌다 하는 on/off 불빛이, 모래 속에, 붉고 집요
하다


**에필로그 :**

낙타는 TV 앞에 가부좌를 틀고 앉아선, 이제 더 이상
무엇을 운반하는 일은 없다 온종일 모래언덕을 넘어
와 지치고 부르튼 발 담그곤 하던 물과 구름과 장미의
그늘은 옛일이 되고 말았다 서툰 사랑과 고뇌와 열정
그리고 순수한 저항 같은 것은 모니터 안에서만 일어
나는 일일뿐

# 물 아래 화의 순간

들에 나갔다, 화和를 구경하였네

갈아엎어 물을 담아 놓은 논

진흙들 가라앉아
미숫가루처럼 순한 물 아래 세상을 이루기까지
얼마의 시간이 필요한 것일까
검은 잠수함 같은 물방개 한 마리 휘저어가도
물속에 가라앉은 흙들은
땅 위의 여느 산과 들녘의 모습을 빚어놓은 듯
물속 천지 덮은 햇살에 고요히 몸 구우며
햇살에 데워진 물의 온도와 물에 깃든 적막의 깊이 읽고
있는 중이네
물방개 걸음으로 하루 이틀은 걸릴 법한
제법 커다란 몇 개의 언덕 너머엔
타다 남은 나뭇가지 하나 이정표처럼 박혀 있고
거기로 건너가는 길목 초입엔
작년의 벼 그루터기 서넛, 성 밖 지키는 숲처럼
무겁고 단아하네

잔잔한 물결 아래 그 어디쯤, 내 눈길이

화和를 얻은 곳이 그 어디쯤이네
벼 그루터기로부터 한 뼘쯤 떨어진 곳
어찌 보면 세상구경 처음 나와 본 듯한 표정의
물 아래 진흙 위로 솟은 작은 돌 하나
그루터기에 달린 실낱같은 뿌리와 무언가
이야길 주고받고 있는 그 모습이라니!

월면月面처럼 적막하고 구석진 이곳, 어쩌면
희미한 기침소리라도 어디선가 곧 들려올 듯
생기가 돌기 시작하는 이 작고 거대한 풍경

물에 잠기고, 물로 닫힌 진흙 천지의 이곳
존재하는 누구든 무엇이든 외롭지 않을 어떤 이유를 만난
듯한

백 평 남짓 물 아래의 세계가 품고 있는 시간의 부피와 무
게가
물에 녹는 알약처럼 남김없이 흩어졌다, 다시 이 공간 안
으로 고여 들어
온기 얻은 버터처럼 사방으로 고요히 되살아 퍼져나가고
있는 듯한

그루터기에 영혼처럼 매달린 실낱같은 뿌리와
적막의 이마에 뿔처럼 돋은 작은 돌 하나
이들이 만들어낸 공간의 절묘한 깊이와 그 실팍한 부피감!

설사 이들이 말 한마디 없이 종일 쳐다만 보는 사이라 하
더라도
설령 이들이 곧 있을 모내기철 흙탕물 세상을 걱정하며
한숨 섞인 대화를 나누는 중이었다 할지라도

물에 잠기고 물로 닫힌
월면처럼 적요한 이 물 아래의 세상
다만 존재하고 있다는 그 이유 하나만으로도
우연히 같은 시간 같은 공간을 쓰고 있다는
단지, 그 우연 하나만으로도
이들이 충분히 이루어내고도 남은
명백한 어떤 화和의 순간을
물의 주름에 오래도록 나는 기록해 두고 싶네!

# 양들에 관한 기록 1

새들은 사랑에 목마르다, 에서 별안간
새들은 진술서를 쓴다, 로 문장이 바뀐다
그러나 오해하지 마라 별일이 자주 일어나는 건 아니니까
그건 별에서나 일어나는 일일 뿐이다
거기, 철조망 안에 아무도 없소?

잠깬 집이든 잠든 집이든 상관없다
양들을 소유하거나 양들을 억압하는 일이 일상이라곤 해도
집은 그저 집 너머로 도망치고 싶은 것이다
어떤 감시자도 찾아낼 수 없는
일들이 시작되지 않은 앞, 앞이 감춘 뒤에서
가족들은
사회 구성원들은 자주 실신하며 서정시처럼 신경증이 깊다

난데없이
양들이 아버지를 뜯어먹으려 덤빈다
잠이 깊어
집들이 기울어지는 동안 바다 또한 기울어지며
불타는 바위들이 도주해 붕어 한 마리 토해 놓는다
세상이 모르는 것이다 그것이 불타는 새였다는 것을
아주 어두울 때만 꺼내보던 눈물이었다는 것을

바위에 깔리고 으깨어져
화석이 될 뻔한 네 하얀 손이었다는 것을
세상은 모르는 것이다

문과 문 사이 숨어 너는 문득 늙어버리고
도대체 알 수 없는 일
하필이면 알 수 없는 일에다 이마를 대고
우리는 늙어만 간다
점점 아버지의 눈빛이 이상해진다
羊이 아니고 저예요, 아버지! 라고
험악한 공기의 벽에다 대고 나는, 하마터면 말할 뻔했다

옷이 옷 속에 숨어야 할 지경이다
개들이 개들을 마시고 전기가 전기를 찢는다
밤을 준비할 아무런 추억도 지금은, 그러나
세계를 돌리는 원심력과 구심력 사이
어쩔 줄 몰라 꽃 피어버린 꽃들과
자석처럼 밀어내는 단어들만 부스럭, 새처럼
주머니 안으로 부서진다, 별빛이
괄호 안으로 육중한 기차처럼 뛰어드는 밤이다
집들이 괄호 안에 갇혀 숨 못 쉬는 밤이다

세상은 많은 가족과 다수 구성원들로 넘치지만
세상은 여전히 모르는 것이다
양들이 과자처럼 잘 부수어진다는 것을
아플 때조차 양들은 꽃을 먹지 않는다는 것을
참으로 고요하다는 것을, 세상은 모르는 것이다
羊들이 풀을 뜯는다는 것을
세상은 너무 잘 아는 것이다

# 양들에 관한 기록 2

빵 속을 배회하는 검은 쥐들
                    _이라고 쓰고 보면 다름 아닌 내가 쥐다
푸른 아가미를 열고 땀 흘리는 바위들
                    _이라고 쓰고 보면 내가 바로 바위다

빵처럼 뜯어 먹힌 이마를 움켜쥐고
내달리는 밀밭이다 섬으로 도망치는 나무다
거기도 아버지는 있다
산책을 나왔다고 둘러댈 게 뻔하지 않은가

처음 보는 새들은 처음 보겠다!
                    _라고 쓰니 나는 눈먼 새알이다
댁은 뭐 해서 먹고 사오?
                    _라고 물으면 계란부침에 날개가 돋아
                    푸드덕 날아 가버린다

부끄러워라, 참으로, 나뭇가지 하나만 움켜쥐면
충분하지 않을까, 잎사귀 하나, 고즈넉한 저녁이면
지평선 위로 거대한 물방울들 줄지어 굴러,
길고 둥근 혀처럼 나를 밀어
세상 바깥이든 어디든 밀어 나아갈 그곳, 나뭇가지

거기도 헛기침 하는 아버지가 있다

산책 나왔다고 둘러대는 대신 이번에는

선善

　의義

　　미美

　　　의義　선善

모든 羊들이 아버지를 에워싸고 돈다, 모르고

돌고 있는 그곳이 바로 덫이고 허방이다

수심 깊은 주름이 요동치는 밀밭이다

마지막 한 마리 羊이 쓰러질 때까지, 가다 서고 가다가 서

곤 하던

서산의 붉은 해는 바오밥나무처럼 길을 잃는다

어둠이 펼쳐진 대지 위로 새들은 자유로워

새들은 어디든 알을 슬고 다닌다 밀밭이든 보리밭이든

핑그르 돌다 쓰러진 빈 병 속이든

태풍이 쓸고 간 천변川邊 뒤죽박죽인 덤불 그 어디든


나무의 고요가 새들을 잘못 길들인 걸까

羊들이 너무 온순한 것인가

　　　　　　(내 눈엔 나무가 구름으로 만든 羊으로 보여)

언제나 이상한 쪽은 새들이 아닌 아버지다
새알을 만진 바로 그 손으로 양들의 허릴 꺾을지도
모른다, 오늘이나 내일은 아버지의 소유일 게 뻔하다


휘파람 같은 것으로는 뒷산의 굴참나무 따윈 걸어오지 않
는다
잎 하나 떨어져 주질 않는 대낮
도대체, 도대체 씨氏를 불러도 물기 없는 눈물만 모래 속에
스민다, 메아리 한 토막이 아버지의 뺨에 닿지만 그는
모른다


천길 벼랑에 움 튼 잎사귀 하나 고즈넉이 실을 뿜어
누에고치처럼 나를 감싼다, 벼랑 아래 파도 소리 아련하건만
아, 이번에도
반겨줄 리 없는 역에 내린 것이다


빵 속을 배회하는 쥐들이 검거나 희거나
그것은 羊들과 구별될 필연도 이유도 없다
필연은
양들이 이 어두운 빵 속을 빠져나가는 데만

족히 7, 80년은 걸린다는 점이다
양들이 타는 냄새가 역사 마당 가득
피어오른, 노을 진 밤이다

2부
소리, 산해진미

## 산골 시인의 겨울 여행

1

잎을 벗어던진 저 상수리나무는
시가 되려는 것일까?
시가 되고 난 후의 작별일까?

겨울이 오기 전에 사람들은 떠나고
겨울이 오기 전에 집은 저 홀로 먼저
빗장을 내린다
미리 어두운 그 얼굴은 시가 되려는 걸까?
쓰다 만 시처럼 쓸쓸한 어떤 꿈일까?

2

추운 날 집마다 술이 가득하고
수레마다 술이 실려 어디론가 자꾸 옮겨진다
아득한 고개 너머엔
기슭에 사람들이 사는 바다가 있고
시보다 술이 필요한 마을이 있을 것이다

귀가 멀고 눈까지 멀면
바다 앞에 있어도 바다인줄 모를까?
철썩이며 달려와 육지 앞에 쓰러지는

파도의 애달픈 겨울 사연 따윈
모르는 게 좋으리라, 술에 젖는 날이 잦고
바다까지 술로 보이면 곤란하기 때문이다


3
첩첩 산중에 있어 바다가 그리운 날은
온통 풀어헤쳐 달려드는 저 시린 파도에
순서도 체면도 팽개치고 몸마저 내던져
몸서리치게 적시고 싶다
그리울 때는
바다가 전해오는 소식들, 온몸 던져 그리울 땐
아득한 고개 너머
지나가는 바람조차 철썩, 철썩
상수리나무 꼭대기까지 파도가 몰려와
산간 누옥 귀틀집 한 채를 한 척의 배로 삼아
넘실넘실 고개 넘어 산봉우리까지 뒤로 하고
끝없이, 끝없이 넘어 간다


4
우연히 주머니에 든 마른 밤 몇 톨
내버려두어도 저 홀로 불꽃 일으켜 온산 태워버릴 듯한

햇빛 아래 곰삭은 떡갈나무 이파리의 바삭바삭 아린 맛

토끼 똥 먹고 자라 토끼눈처럼 빨개진 망개 열매의 그 달
콤새콤한 맛

멧돼지 씩씩거리며 뛰던 산야에 홀로 피어난

술 빛을 도라지 꽃 몇 닢

붙박아 사는 데 지쳤다고 늘 투덜대던 상수리나무 할배까지

오냐, 그래 모두 올라타, 넘실넘실 넘어보자

그렇게 오래, 오래 이 겨울의

시로부터 벗어날 때까지

# 늙은 방물장수처럼 시간이

1

한없이 작아져
씨앗 속으로 들어가
복숭아꽃으로 활짝 피어날 순 없을까
한없이 한없이 작아져
민들레 홀씨 타고 산 너머 마을 간신히 보일락 말락
저 거대한 뒷동산을 한 번 올라보았으면
산 너머 무엇이 있는지 모르던 그때로
천년이든 만년이든 살금살금 되밟아 보았으면

2

서까래 틈에 낀 지푸라기, 모래알과도 소곤소곤 말을 나누고
먼데 노루 우는 소릴 누워 듣던 유년의 다락

벽에 썼다가 까맣게 잊어버린 어릴 적 시들이
노루처럼 까만 눈알 빛내며 뛰쳐나와선
바람에 펄럭이는 산수유 잎, 잎마다 올라
그네 뛰었다 미끄럼을 탔다 야단법석인 보름밤
그 옛날의 반가운 달빛 한 가득 도시락에 담고선

먼지보다 작은

별 가루보다 더 작은, 반딧불 시가 되어
숲에 잠든 물방울들의 이름을 하나하나
밤새 헤이며
그들이 꾸는 꿈 하얀 뺨에도
가만히 귀 대어보고
나무 하나가 온 우주인양
끝없이 끝없이 오르내리는
개미들의 내력 또한 밤새 들으며
바다만큼 넓은 숲 온밤 내내 돌아다녀 보았으면


3
늙은 방물장수처럼
시간이 더 이상 명랑하지 않을 때
나는
붉은 산수유 열매 알알이 영근
그곳으로
가야 한다

# 겨울 산을 지키다

잠에 빠진 활엽수들만 빼곡한
겨울 능선
눈에 보이진 않지만
먼 길 돌아 장에 갔다 오시는 아버지처럼
시간과 때는 겨울 산 향해 터벅터벅 걸어오고 있을 것이다

하지만, 혹시 또 모르긴 하지
잎 하나 떨구지 않고
바람에 흔들리고 섰는 침엽 소나무
머리 한 번 쓰다듬어주러 아버지가 잠깐 다녀가셨는지도
산이 어디론가 떠나지 못하도록
지겨움에 지쳐 산이 어디 도망이라도 갈까
꼿꼿이 침 세워 온종일
산을 지키고 섰는 소나무들 기특해
아버지는 깜깜한 밤중 아무도 모르게
아주 잠깐 다녀가셨는지도

설령 그랬다 하더라도
그것이
시간과 때의 반칙이 아님을, 나는, 믿을 것이다

산을 지키는 소나무들도 침처럼 뾰족한 제 잎으로
무릎이나 가슴팍 찔러가며
간신히 버티고 있다고 여겨지기 때문이고

아무도 모를 거라 생각하며
몸 한 켠 흙더미 허물어 벼랑 아래 흘러내리기까지
어디론가 떠나보겠다고 저리 몸부림치는 겨울 산을
잎 마른 활엽수들은 죄다 모른 척 입 닫고 있기 때문이고

겨울나무의 거친 속살과 물관에 고요히 스미어 쉬고 있어도
뿌리들 웅크린 어두운 지층 아래 송글송글 잠겨 있어도
눈과 귀 쫑긋 세운 물방울들이 언제나
아버지의 발자국 소릴 기록하고 있기 때문이고

무엇보다
무료한 겨울 산이 제 몸 뽑아내
천지사방 미친 척 날뛰면
다가올 봄이 말짱 황이기 때문이다

## '풍경' 찻집의 풍경

묵언 중인 황악산
바라보는 나의 눈길

무심한 오후의 공간 속을
철새들 몇 무리 지어
연못으로 사뿐 내린다

거친 바위에 살이 베이고
이마가 깨어지며 계곡을 흘러왔을 물들을
먼저 온 연못물이 보듬어 어루만진다
별 사이 헤쳐 온 철새들의 시린 발목도
연못이 품에 안고 녹인다

노루 다녀간 발자국
토끼가 먹고 간 열매가 붉은지 푸른지
모른 척 해주는 것이 풍경 카페 앞 작은 연못의 불문율
하늘의 구름 또한
온다 간다 말없이 다녀가도
어디로 가는지 묻지 않는다

이거라도 덮으렴, 하고

연못가 단풍잎 몇 물 위에 내릴 때
철새들은 다시 날아오르고
평온과 휴식을 얻은 물들도 다시 길을 나선다

어디로 가니, 하고 묻지 않는 것이
아마도
카페 앞 작은 연못의 도리일 것이다
물은 물이기에 흐르고
새는 새이기에 날아갈 것이다

# 겨울, 운문 계곡

여름 큰물 지나고
가을 지나 한겨울이 되어서야
계곡의 바위들은 서로 안부를 묻게 된다
이골 저골 사람들 오일장에 모여든 것처럼
오랜만에 보는 운문사 계곡의 바위들은
인사 나누느라 바쁘다
물가에 자리 잡은 이마 넓은 영감바위의 이[齒]는 여름 물
살에
다쳤는지 말이 헛나올 만큼 깨어져 나가고 없다
이끼 덮어쓴 후론 검버섯처럼 끝내 떨어내지 못한
말수 적은 할망구 같은 바위도
팔 다쳐 거동이 영 불편하다
간혹, 힘깨나 쓸 만한 중년사내 같은
큰 돌들도 처음 뵙겠다고 꾸벅 인사를 건넨다
저 윗동네에 살다 여름 물살에 떠밀려 아랫동네로 이사 온
모양이다
그가 데려온 식구인 듯
둥글고 매끈한 어린 돌들은 추위로 곱은 손을 호호 불어댄다
흘러가던 구름도 얼어붙어 머뭇대는 운문사 상류 계곡
이불인양 덮으라고 바람이 어디서 몰아온 마른 잎들은
구름이 습작으로 쓰고 버린 시처럼 계곡에 쌓이고

해마다 있던 길이 사라지기도 하고
해마다 새로운 길이 생기기도 하는
이 작은 세계에도
먼 데 소식 전해주는 새들 있어 풍요롭고
마른 개미는 또 새로 난 길 익히느라 바쁘다

# 산촌, 나의 죄

상념만으로 새를 깨우고, 새를 짓는다
여기까지가
나의 자유고 나의 한계다
멀리 숲이 만든 고요는 음모처럼 단죄된다
숲을 이룬 나무들도 자주 진술서를 쓴다
구름이 만든 고요와 침묵은
구름을 이룬 물방울들에겐 무죄일까
개울 건너
길들이 산으로 혹은 과수밭으로 가지 않는다면
어떤 일이 일어나는 걸까
길들도 수많은 길 앞에선 잦은 다툼과 논의를 거쳐야 하는
보이지 않는 그물이 세상의 들녘에 존재하는 법이다
새들 또한 길을 상심하는 밤이고 그물을 피해
돌아오고 싶지 않은 밤이다

울음은 참으라고 배우고 가르친 우리들은
저녁밥을 지으러 다시 마을로 돌아온다
아궁이 안에 타는 연기를 마시며
어떤 이는 서울로 가 돌아오지 않는 아들을 생각하며
어떤 이는 이국의 전쟁에 나간 아들을 생각한다
어떤 이는 어릴 적 구워먹은 감자를 생각하고 죄스럽다

죄를 털고 일어나고 싶지만
연기에 잠긴 마을처럼 실행은 늘 어렵다
상념이 온몸 안을 채워 쿨럭이는 밤
들녘 너머 숲은 음모론자처럼 어둡고
둥지로 돌아온 새들이 알을 낳을 때까지
나는 기다린다
상념의 힘으로 내가 새가 될 때까지
새들도 나무도 뜬눈으로 나를
기다린다

# 운문댐, 겨울 풍경

버드나무 꼭대기인갑다

물 위로 겨우 목만 남은 목숨
눈 하나만이라도 간신히
숨 쉴 수 있게 된 것만으로도 천운인가
봄이면 연한 가질 꺾어
버들피리 만들어 불던 아이들
느린 걸음 소들은 밭 갈러 가는 길 내게 등 부벼대곤 했었지
모두 다 물에 잠기고
떠나간 아이들은 어디서 어른이 되었을까
치렁치렁 머리칼 고운 나를 기억이나 해줄는지
때론 궁금해 간신히 남은 머리칼 한 올 띄워
물 위로 편지를 써보지만
산골짝 해는 짧아
건너 산자락 너럭바위는 석양 젖은 두꺼운 입술 움직여
그만 잠이나 자러 가자 한다
사방이 물로 가득 차니
친구 아니었던 산 중턱 바위조차
매일 말 거는 동무가 되었다
온통 물 뿐인 이 산골
운문댐이라 부르는 외로운 물의 천국 나의 집에선

어쩌다 들르는 작고 외로운 새
어쩌다 안부 묻고 가는 적요한 바람
먼 거리에 일렁이는 억새풀 하나
그 누구든 반갑지 않은 이 없어라

## 소리, 산해진미

생각이 먼저 나아가는 자
상像을 짓지 말라
눈 닫고
마음의 중심에 귀를 만들라

일평생의 노고가 될지라도
아이나 질그릇 같이 유약한 것일지라도
불을 견뎌 바위처럼 단단해질 때까지
입 닫아

개미가 걷는 소리
눈이 내리는 소리
꽃이 피는 소리 들릴 때까지

마침내
정결한 귀 두 손으로 받아 올려
동서 사방 십리 활짝 열고
내가 딛는 땅이 무어라 말하는지
아궁이에 타는 장작이 무어라 말하는지
연자화가 피어날 때 무어라 속삭이는지

세상의 내밀하고 비밀스런
만법萬法을 탐하거든

진흙으로 빚은 네 몸
몸이 처음 태어나 감당할 수 있었던
물소리, 바람소리, 나뭇잎 소리
물 밖으로 자라가 숨 쉬는 소리
잠 깨어난 산야山野의 기지개 켜는 소리
바위가 하품하는 소리
귀 열어, 들어보라!

세상의 안쪽
존재의 속살은
소리로 가득 차 있음이니

정말, 산해진미를 맛보려거든!

# 유채꽃 피는 세상

구름 위의 원탁회의 같은 것이라고
손바닥 뒤집기 게임 같은 것이라고
세계의 진실성 따윈
공기만 잔뜩 불어넣은 과자 같은 것이라고
말하지는 마시게

누가 과연
구름을 믿고 공기의 다정함을 믿으며
너무 차거나 덥지 않은 땅의
변함없는 노고를 믿고
살갑게 맞아주는 굴참나무나 소나무의 향기를 믿으며
믿어 의심치 않는 9월의 소풍을 계획할 수 있을 것인가

장자莊子의 나비가 건너간 곳도
저어기 유채꽃 피는 세상
고즈넉이 눈 내리는 여기 이 세상
우리의 몸이 허공이 아닌 바에야
태양이 데운 따스한 바윗돌 같은
그예 쓸 만은 한 초옥草屋에라도 누워보고 싶지 않으리

10월에 우는 찌르레기, 귀뚜라미 우는 소리
밤새 지은 시를 딱따구리 총각에게 건네면
다래 열매 한 타래든 밤 한 톨이든
곱고 실하게 자라도록 운율 실어 전해주고

중천에 뜬 달님에게 시평이라도 한 번
내려주십사, 청해보고 싶지 않으리

3부
푸른 점 위의 집

# 푸른 점 위의 집

보이저가 토성 지나며 고갤 돌리니
창백한
푸른 점 하나!
그것이 우리의 지구였다지

보이저호에 탑승해 있다고 상상해보라!
그 푸른 점을 돌아보는 위치에 누구라도 서게 될 때
제일 먼저 집을 떠올리지 않을 사람은 아마 없으리라
집을 지키려 평생을 잠 못 든 사람이 많았기 때문

난, 왜
푸른 점이 보이는 위치에서 달팽이를 떠올리게 되지
아, 일평생 집을 지고 다닌다는 달팽이!
비가 오나 바람이 부나 한평생
집을 이고 집을 지고 다녀야만 했던 나그네
푸른 점에서 보면 그건 미생물보다 더 작은
점도 아닌, 점일지니!
무서운 속도로 팽팽 돌아가는 별 안에 거주하며
진정한, 진정코 느림을 탐닉했던 순하디 순한
달팽이 아저씨, 아줌마, 처녀총각, 달팽이 꼬마들
그들이 길을 나서면 팽팽 도는 별조차 운행을 세우고

집으로 돌아가 낮잠이라도 실컷 자 보고 싶어질 거야
　　　　　(그들을 보고 있자면 잠이 오는 게 당연할 거야)
저녁이면 창으로 노오란 불빛이 새어나오던 집
서리 맞은 감나무 까치밥을 먹으러 까치가 날아오던 집
집 떠난 주인이 돌아올 때까지 춥지 말자고
흙마당이 키운 잡초가 수북수북 자라 있는 집
도회지로 간 소년이 다시 올까
녹물 흘리면서도 자전거가 기다리고 있는 집
푸른 점 위치에서 보면 그 또한 달팽이집
부서지기 쉬운 껍질 아래 그 무엇에 지나지 않을까
하지만
보이저호에 탑승한 사람들에겐 하나 같이
아늑하기도 슬프기도 한 그 모든 집들
집들이 안고 보듬었던 식구들은 지금 어디에 가 있을까
혹여 또 무엇을 지키느라
잠 못 들어 하고 있는 건 아니겠지?
　　　　　(보이저호에 탑승할 때까지 나에게 참다운 집은
　　　　　　마당 넓은 어린 시절의 그 집뿐이었네)


어느 여름엔, 둑 너머 시뻘건 황톳물이 바위를 굴리며 떠내
려가는 걸 봤어, 발 헛디딘 뱀, 돼지가 함께 물에 휩쓸리기도

했었지, 바람 심한 날엔 서까래만 남기고 지붕이 날아가기도
하였지, 불행한 소문처럼 홀라당 타버린 집도 없지는 않았고,
급히 양식만 챙기고 떠나야 하는 세월도 있었어, 라고 한가한
날 나무 그늘에서 노인들이 말하는 걸 듣기도 했지


　벌과 나비와 꽃들이 만발한 세월 지나
　총성이 울리고 차들이 달리고 기계가 없인 안 되는
　먼 훗날의 어른이 되어
　푸른 점 속에서 푸른 점을 생각하는, 지금


　아주 작은 달팽이 혹은 개미처럼 소박한
　그런 느림의 미학은 어차피 될 수 없이
　정갈한 눈물만 제삿밥처럼 지어
　푸른 점이 운행하고 다니는 저 허공에다
　고요히 바쳐 올리는 어느 저물녘


　아, 그 무엇 있어 지난 세월 위 축대 쌓아
　마당 넓고 처마 긴 푸른 집 고쳐 지어
　지붕 위 떨어지는 별빛과 빗방울 소리
　고요한 달팽이 사제司祭 되어
　다시 또 들어 볼거나

# 꽃이 아름다울 땐

벚꽃을
앞이나 옆에서 볼 때는
나, 여기 있소 하고
시끌벅적 뽐내며 핀 것 같지만

꽃의 아래로 가
위로 올려다보면
연푸른 하늘을 배경으로
서 있는 나무가 비로소, 보인다

꺾어질 곳에서 제대로 꺾이고
휘어질 곳에서 제대로 휘어져
한 그루에게 할당된 하늘 모퉁이를
한 뼘 허투루 쓰는 법 없는

세월을 견디느라 검게 탄 굵고 실한 둥치로부터
길면 긴 대로
짧으면 짧은 대로 제 몫만큼 뻗어나간
저 가지들이 있고서야

봄을 데모하며 온 천지 하얗게 점령한

꽃들이
아름다운 법이다

# 십자十字 문양, 십자가

석기시대의 투박한 질그릇에도
선조들 중 누군가는 십자 문양을 새길 줄 알았다
수메르의 원통형 인장에도 존재하는 그 십자 문양

가축에 풀을 뜯기며
넓은 초원을 이동하였나니
땅이 평평하고 너름을 알아
막대를 들어 지평선을 본 따 가로로 주욱 선을 그어
그것을 땅의 부호로 삼았으리라

때론 장대비를 내리기도 하고
때론 비 한 점 내려주지 않는 저 높은 허공
어둠을 물리치며 해가 떠올라
낮 동안 지나다니시는 그 허공을 하늘이라 불렀으니
그 아득한 높이로 뻗어 올라간 나무 본 떠
아래에서 위로 획
세로로 거침없이 올려 긋고
마실 물과 빛이 내려오는 근원을 가리키는 부호로 삼았으
리니

가로 획과 세로 획

이 두 지고한 선이 만나는 곳에
영원토록 평화로이, 아들 딸 낳고 잘 살고 싶어
질그릇 같은 귀물貴物에다 십자 문양을 남겼음이 분명할진대
오늘의 우리도 손 모아 그 앞에 엎드리나니

왜 우리의 눈물은 마를 날 없고
흰 등허리 같은 산하山河
오늘도 해는 떠 비추이건만
왜 우리의 얼굴은 캄캄 아직 어두운가!

## 뜨거운 풀밭에서

똥은 하루치의 노동을 다 끝낸 듯
제법 의젓하게 똥 위에 걸터앉아
지나가는 먼 산 구름바라기를 하거나
또 내일을 계획하고 있는 듯하다
비록 똥에서 시작하여 똥으로 끝날
내일일망정
질경이 쑥 내에 코를 킁킁거리며
제법 담배까지 한 대 꼬나물고 있다

보라,
이곳에 무슨 일이 있었던가
금모래 빛 찰랑이며 불어오는 바람에
가르마 곱게 타곤 하던 이 적요한 언덕이
수많은 똥들의 범벅되어
질경이 쑥뜸 사이 똥파리들 분주히 날아 뒹구는
진창이 되고 말았구나

그러나 그대여
끝내 미간을 찌푸려 코까지 싸매진 마시게

드러나지 않아도

뜨거운 햇빛과 바람이 늘 부지런히 움직여 일하는 것
그것이 이곳의 오랜 풍속인 것을
언젠가는 똥물 맞은 돌조차 똥과 화해하고
질경이 쑥뜸 질긴 뿌리 똥마저 녹여내어
지층 마디마다 세월의 단내로 빚어놓는 곳
그저 놀고만 있는 것은
이곳의 풍습도, 그 누구의 법도도 아니라네

똥마저 굳어 멈춘 뜨거운 풀밭에 앉노라면
수없이 많았던 말똥구리 일꾼들
언제 있었나 싶도록,
눈물 젖은 나그네
두 눈에 가득 고여 보인다네

# 부부론

성주 가는 길이든
고령 가는 길이든
도로변엔 하우스가 줄지어 있네
길에 접하도록 만든 간이천막엔
철따라 참외, 딸기, 수박이 수북이 쌓이고
수수한 시골 아낙들이 흥정이랄 것도 없이
지나가다 세우는 차량에 과일을 판다네

해마다 팔리는 과일의 종류가 달라지는 일도 없고
길에 접한 천막이 울긋불긋 단장하는 일도 없으며
과일을 파는 아낙들의 몸차림 또한 변함없이 그대로
20년 넘게 다니며 본 그 풍경은
때로는 진부하고 때로는 아늑한 저녁처럼 따사롭네

삽날과 삽자루, 괭이와 괭이자루가 서로 만나
(그 긴 세월을) 서로를 탓하지 않고
삽날이 삭을 때까지, 괭이가 녹슬 때까지
삽자루가 휘거나 괭이자루가 부러질 때까지
맞물리고 꽉 끼인 채, 묵묵히, 흙을 일구고 밭을 가꾸어
그렇게
한 지아비와 한 아낙이 해마다 온갖 힘 다 쏟아

그렇게 길러낸 단맛 나는 과일을
맛도 안 보고 지나가실 텐가, 그대는?

길에 접한 간이천막 뒤로 줄지어 늘어선
하우스 안 참외밭 경운기로 골을 타는
촌부의 옆얼굴을 보게 된 이른 봄 어느 날
진부하다고 쓰지 않을 수도 있는 이
부부론을 무거운 가슴 뚝, 뚝 흘리며
쓰게 되네
먼 데서 아지랑이 또다시 피어 오는
3월 초순의 이 대지 위에서

## 비 오는 날의 수묵화

돌아보면
울컥, 하는 것은 산이 숨긴
여러 갈래의 길들
길을 찾다 길에 갇힌 사람들이
안개 사이를 떠돌다 서로 부딪는 소리
혹은 나무의 이마에 부딪는 소리거나
그러다가 다시 젖은 이끼에 미끄러지는 소리

아니
떨어지는 빗물이
뒤척이는 산의 가슴에 파놓은 수십 수백의 웅덩이
그 중 하나가 낸 기침소리인지도 몰라
웅덩이에 잘못 뛰어든 개구리가 낸
바로 그 소리인지도 몰라

가만히 들으면
산 스스로가 만들어낸 메아리인지도 몰라
가슴에 돋은 이끼 털어내느라
산이 제 주먹으로 가슴 치는 소리인지도 모르지

우물처럼 깊어진 시간 안으로

여치 같은 것이 잘못 들어와
몸부림 치고 뛰어다니느라 내게 된
그 소리였던지도 몰라
산도 정원처럼 오래 비워두면
점점 등짝이 패여 우물처럼 깊어지고, 거기에 시간이란
덩굴까지 뒤엉켜 아주 뿌리내리게 된다고 했으니까

## 숲, 지상에서 하늘로


숲에 누워 바라본

나뭇가지들이 애잔히 손짓해 부르는
하늘은

시리도록 푸른
가없는 깊이로
팔 벌린
바다

새든
나무든
떨어지는 낙엽이든
하늘빛 닮은 청솔이 툭, 내게 던진
마른 솔방울이든

능선을 움켜쥐고 놓지 않으려는 저 백발성성한 억새라 할
지라도
쉼 없이 날개 저어 집으로 돌아가는 저 솔개라 할지라도

그 누구든

가 닿아
다시, 또
헤엄쳐
건너야 할

바다

# 꽃들, 폭포에 피다

1

떨어지는 꽃들의 찰나를 보고 싶다
아침이 오는 소리를 듣고 싶다
폭포 위로 가고 싶다
소멸한 시간들이 다른 시간대로
뛰어내리기 위하여 줄지어 선 그 끝
끝에 피는 꽃은 어떤 꿈일까

떠나는 길 위로 내리치는 번개
존재의 호통 소리를 듣고 싶다
멈춰버린 시간의 궤도 위엔 하얗게 작별하는 폐肺
멀리 나간 바다 너머로 침몰하며 손짓하는 검푸른 침대
멈춰버린 맷돌

따스하고 부드러운 죽음의 혀를 밟고 바다를 건너고 싶다
노 저어 오는 무덤을 마시고 노래를 부르고 싶다
푸르고 새하얀 눈물과 아주 이별할 때까지
바람의 눈물 집을 터뜨리고 싶다
눈물보다 고요히 천지를 적시며 오는
찔레꽃 피어오를 때

2

떨어지는 폭포를 멈추라

그 고요의 안쪽에 달라붙어 반딧불처럼 깜박이는

무덤을 파고 싶어라

무덤가에 꽃 피는 소리 눈처럼 따스하고

종소리처럼 아득하여라!


젊은 날들은 밀랍으로만 종을 짓고

목 메인 형용사처럼

어떤, 무엇으로든

어떤, 어디에서든 애잔히 너를 불러보았으되

낮과 밤은 폭포처럼 매정하고

불붙어 펄쩍 뛰는 담요처럼

시간은 앞으로, 앞으로만 내어달린다


현재와 미래가 뒤엉겨 소용돌이치는 아득한 소沼

산 자들의 메아리와 죽은 자들의 메아리가 번갈아 돌리는

물레방아 도는 소리 깊고 어둡네!


3

감꽃이 이마 위에 툭, 떨어져 올 때

물살에 떠밀린 빈 병 같은 것이 손에 잡힐 때
폭포 위로 가보고 싶단 생각이 생각보다 치솟을 때
폐肺든 침대든 무엇이든 마시고 싶단 생각이 간절할 때
더러는 한 번씩 아침이 왔다
더러는 저녁을 건너 뛴 아침이 오고
뱃전에 부딪는 무덤에서도 맑은 종소리가 났다

아득한 높이에서 엄습하는
고적孤寂과 막막함 그리고 용맹함만이
물보라를 견디어 피는
찔레꽃의 까닭을 설명해주었다

4
영원히 뛰어내리는 폭포
영원히 맴돌며 빠져나오지 못하는 그늘 깊은 물

더러는, 나, 너, 우리
가장자리로 밀려나온 찔레꽃 한 잎일 때도 있어라
뱃전에 스미어 사라지는 한 점 눈일 때도 있어라
떠도는 빈 병 안으로
요행히 흘러든 꽃잎인지도 몰라라!

출렁출렁, 소리에, 눈, 멀어
바다로 바다로 나아가는 새하얀 꽃잎인지도 몰라라!

누군가 마개를 열어줄는지 아닌지는
알 수 없이, 흘러가보는

5
생의 한 가운데로 나아가는 거라 믿으며
우리 중 누군가는 바다의 바닥까지 손을 넣어보고 싶어 했어
바다의 밑바닥인 채, 걷어내듯 아래로부터 쭈욱, 장판처럼
바다를 뜯어 올려보고 싶었던 거야 무엇이 들어 있나 하고
또 다른 누군가는 몸 열어 속에 든 모든 것을, 꺼내 놓아
보여주어야만 했어!
멀고 먼 바다에 뿌리째 닿으려면
바다의 가장 쓰린 기억과 입을 맞추어야 했기 때문이지
시간의 겨드랑이에 맺힌 가장 짠 어떤 것
이슬방울이든 눈물이든
소금에 절인 바람의 심장 같은 것
나 역시 그러하다는
바로, 그 말을, 해줘야만 했던 거라구!

# 도망치는 미이라

*0,385  0524*

이 숫자들을 앞에 두고 막막하다
불안하다 분명히 뭔가
내게 요구하는 뭔가가 있다
삼팔은 이십사
흐르는 음악에 그녀의 왼발 함부로
장단 맞추고 해체된 담뱃갑까지
파닥파닥 뛴다 뛰다가 옴크린
내 입술의 의혹 앞에 추락하고 만다

아니다
뛰어라 *524  524*
아니다 *0* 과 *0* 사이
*385 385*  뛰어, 넘어라
허공을 건너가는 쥐들의 슬픈 보폭
처음 보는 별들
뛰어 넘어라
움직일 수 없이 죽음의 저쪽
무서운 속도로 회전하는 음반
뛰어, 넘다가 내가 네가 되어 엎질러지는 바다

바다의 왼쪽 얼굴이 기억하는
네 피와 내 피의 길이
사막으로 가는 네 죄와 내 죄의 길이

보이지 않는 꽃의 나라가 환히
안개의 저편 휴식의 푸른 입술 아래 둥둥 떠다녀
애절하게 손짓하며 부르는 푸른 바다가 뱉어낸
붉은 진흙들이 꽃의 나라로 가는 길을 첩첩이 에워싸곤
천길 높이의 장작처럼 활활 타오른다, 붉은 쇳물처럼
녹아내린 뼈의 한 가운데가 울컥 열릴 때마다 차고 메마른
주름진 입들 그들 또한 금붕어처럼 뻐끔뻐끔 입 열어
꽃의 나라로 들어가려는 나를 불러댄다, 뼈로 만든 피리가
가슴과
벽에 닿을 땐 언제나 별의 차가운 휘파람 소리가 들려,
들린다고 착각하고 싶은 수없이 많은 날들이
시멘트 가루처럼 꽃가루처럼 공중에서 하염없이
부수어져 내리던 524의 날, 385의 날, 날들

광대한 사막 앞에 당도한
금붕어는 출처를 잊고 꽃들은 이유를 잃는다
불타다 지친 나무 한 그루 지평선으로 달려

조종弔鐘을 울린다

어디서 어디로 끝 간 데 없이 닿는 종소리에 별 하나의
이마가 깨어진다 멍든 새알이 초록, 하고 내 가슴에
움튼다, 철썩이는 바닷가 마른 꽃들이 알 수 없는 봄의
아지랑이를 삼킨 뒤 알 수 없는 키만큼이나 자라버린
언덕이 있고, 그 언덕 아래로 쉼 없이 굴러가고 굴러오는
추억들이 지천으로 널려 있어, 그 중 하나의 붉은 왼발이
쥐를 밟는 뭉클한, 느낌이!

불현듯
꽃들이 **피고피고또피고 지고지고또지는** 허공의 한 켠
무서운 속도로 회전하는 섬들
섬들이 뽑혀진 자리마다 피, 피가
피 묻은 누군가의 또 다른 얼굴 찾으며

말해질 수 없는 폭력과 단 한 번도 본 적 없는
환희와 꽃들의 환한 나라
오, 도저히!
뱉어지지 않는 소리들의 성기, 사막의 딸꾹질로부터
모든 뼈들로부터 너는 추격당하고 있다
푸른 바다와 별과 꽃들의 수많은 이유들로부터

나는 추격당하고 있다

하나의 번개와 두 번째 번개 사이

헤엄쳐 오는 쥐들 향해, 망치 꺼내려 할 때마다
네가 내가 되어 내가 네가 되어 나를 추격하는
5시 5분의 초인종 소리

필사적인 구토嘔吐

# 4부
# 고분을 보는 방법

## 사막은 고요하고 별은 빛나며


누군가
방아쇠를 당기다말고
망각이나 권태의 늪으로 걸어 들어가 버렸거나
이미
발사를 마치고 떠나버린

                                한 자루의 권총처럼


                           혹은


세상을 한 바퀴 휘돌아
                  다시, 거기, 돌아온 악기처럼


사막은
고요하고


별은
거기
활처럼 빛나며

# 고분을 보는 방법

어떤 잎은 물기에 아프고
어떤 잎은 마른 바람에 아프다

어떤 정부가 들어서건
나무를 심는 건 열심이고
뿌리부터 뒤집어 심는 것도 여전하다
하나의 정부가 완성되기 전에
또 다른 정부가 서둘러 오기 때문이다

생명은 싹이 터
벼는 자라고
턱밑 수염이 자라듯
어쩔 수 없이

숲에 들어선 정부건
들에 세운 정부건
고분古墳을 세우는 일은 열심이며
칼을 녹여 보습을 만드는 이는
하늘에서도 오지 않는다
그 또한 이웃 마을의 정부가 서둘러 오기 때문인가?

어쩔 수 없이
더운 날의 일꾼들은 고분에 심은
나무 그늘에 쉴 수밖에 없다
그 많은 잎들이 피거나 질 때
일꾼들의 얼굴도 다른 얼굴들로 채워지곤 할 것이다

관찰자의 시선이 아닌
풍경 안에 들어가 있다 하면, 과연
어떤 잎은 습도를 싫어하고
어떤 잎은 마른 바람을 못 견디어
할 수 있는가?

어떤 정부건 수종樹種을 가려 심는 건 아니며
나무가 정부를 선택하는 건 더구나 아니다

## 칼은

칼은
물속에 있어도 칼이며
칼은
칼집에 들어가 장롱 깊숙이
누워 있어도 칼이며

칼이
칼을 그칠 수 있음은
칼의 주인이 순해지거나
사람들이 순해지거나
나라가 순해질 때만 그럴 수 있다

작은 나라들이 일어서기 시작하던
읍락邑落 국가 시절
나라가 위기에 처하자
몇몇 칼들은 청동 제기와 함께 급히
땅 속으로 들어간 후 영영 주인을 만나지 못했다
녹슨 몸으로 수천 년 뒤
햇빛 아래 나오기까지 칼은
공격과 방어의 본능을 어둠 속에서 모두 씻어내었다
박물관에서 사람들은

그 칼이 공격용인지 방어용인지 분간해낼 순 없다
칼의 주인을 모르기도 하거니와
굳이 그것이 분간되지도 않으며
그럴 필요까진 없다고 생각하기 때문이다
정확히는, 그런 생각조차 들지 않기 때문이다

제왕의 칼이든
병졸의 칼이든
칼이
칼을 그칠 수 있음은
칼의 주인이 순해지거나
사람들이 순해지거나
나라가 순해질 때만 그럴 수 있다
정확히는, 그런 생각조차 들지 않는
나라와 나라가 싸우지 않는 시절이 올 때만
칼이 칼임을 잊을 수 있는 법이다

# 품성론


이 산이 단풍으로 물들면
저 산이 단풍으로 물들고
이 언덕에 쑥 돋으면
저 구릉도 언제 고갤 내밀었는지 쑥, 달래가
뚫고 올라와 세상이 쑥스러운 듯 계면쩍기 마련

이 나무가 솔방울 맺으면
그 곁 나무도 솔방울 달고 있음은
맵시 좋은 상수리나무에 도토리 가득 열릴 때
키 작고 가지 번 꿀밤나무에도 주렁주렁 열매가 달림은
이 산 저 산 하늘이 골고루 품어주고
이 들 저 들 같은 하늘이
이 나무 저 나무를 함께 덮어주기 때문

아, 그러나
이 고을에 저녁연기 피어오를 때
저 고을에 밥 짓는 연기 오르지 않는 날이
언제 적부터 있어왔던가?
순이네 암소가 새끼 낳아도
옆집 철이네 외양간은 감감 무소식이며
심지어는 닭이 알을 품어도

염소는 비탈에서 홀로 풀을 뜯거나
뒷산 꼭대기까지 올라 애먼 나무들을 껍질째 벗겨 먹고

이런 분별과 차이가 언제부터 가능했던가?
설마 검은 염소가 이 문제로 머릴 싸매다
바람 쐬러 꼭대기까지 올라간 건 아닐 테고
왜 그런지 물어보겠다고, 설마
맨발인 채 내가 젖은 비탈을 걸어 올라가진 않았을 테고
누구에겐가 물어보겠다고, 설마
닭이 모이를 쪼다 나무 꼭대기나 산 위로 뛰어올라가진 않
았을 테고
달을 보며 호곡하던 어젯밤
산 속의 구슬피 우짖던 목소리, 설마
나의 목청에서 나온 건 아닐 것이다

달빛은 곳곳에 비추어 교교하나
이 땅의 품성品性은 애시당초
해독이 될 듯 말 듯 망연자실하다
나도, 염소도, 닭도, 산짐승도 이미 모르는 것은
알려고 하지 않아야, 편안하다

# 목욕탕의 법도

목욕탕엘 가면
세모의 어른이 목욕을 하고
세모의 아이의 등을 밀어주고 있다
그 곁엔 늘
네모인 사람도 와서 때를 민다
으레 네모인 사람도 네모의 아이가 딸려 있고
등 좀 밀어드릴게요, 하고 네모가 세모의 등을 밀어주어도
세모가 네모가 되진 않고
네모도 세모가 되진 않는다
네모의 아이가 소란스레 뛰어다녀도
좀 조용히 하렴, 하고 세모의 어른이 나무란다 할지라도
그건 네모의 아이니까 나무라는 것은 아니다

크게 틀어놓은 찬물이 튀어 약간의 불쾌감이 든다 해도
네모의 어른은 세모의 어른을 어느 선까진 참아주기에
공중목욕탕엔 때로 아슬아슬한 평화가 있고
한증실 유리벽에 써 붙여놓지 않아도
공유지의 법도 같은 것이
벽 속의 파이프라인을 타고 도는 물처럼
네모와 세모의 사이에 불문율처럼 흐른다

그러나, 놀라운 것은

짙은 수증기에 싸인 어느 구석엔

세모나 네모와 함께 어울리지 않는

동그라미인가 하고 고개를 갸웃하게 하는

몰래 뒤돌아 앉아 때를 미는 이도 있다는 것이다

중요한 것은

공유지의 법도를 어기는 것이 아니라면

동그라미인가, 하고 수증기 속을 기웃거려선 안 된다는 것
이다

## 다수, 몰지각한


독毒은 배관망을 타고 빠르게 번진다
대책반에선 뜬금없는 대책을 자꾸만 쏟아놓는다


매스컴에 불려 나와 혼쭐이 난 사장의 분노가 국장을 강타
하고
국장은 과장을 난타하고, 과장은 계장의 책상을 박살내고
급기야
지나가던 개의 내장이 터지고


그러는 사이, 독은 은밀히 퍼진다
다시는 이런 일 없겠다고, 관계자를 문책하겠다고, 즉각 진
상을
규명하겠노라고 텔레비전에 나온 관료가 땀을 뻘뻘 흘리
는 시간에도


다리는 무너지고 빌딩이 무너지고 법원에 금이 가고 신뢰
에도
금이 가고 기차가 탈선하고 가스가 폭발하고 절간이 불타
고 골프장은
지어지고 학교는 내려앉고 카지노는 돌아가고 비행기는
부딪히고

발전소는 폭발하며 세미나실 유리창에 비친, 잔잔한 물결 일렁이는

　그윽한 백자 청자 항아리 같은 댐조차 쩌억, 금이 가고 있는, 지금!


　다수 몰지각한 사람들이 퍼뜨린 독이
　그토록 빠르고, 은밀하게, 너무도 오래
　도시 전체를 휘감아 물들여왔으리라고는
　우리들 중 아무도, 학자들 중 아무도
　기관원이나 관료들 중 아무도
　그 많은 기자들 중 아무도
　시나 그림, 음악을 하는 사람들 아무도
　아무도
　몰랐다는 게, 도무지, 이게 말이 돼?
　다급하게, 댐이, 터져
　모조리 쓸려 내려갈
　지금
　이게 말이 돼?

# 쓰레기들은 바다로


캄캄한 밤
샛강에서 흘러 들어온 쓰레기와 몸 섞으며
모든 쓰레기들은 바다로 가고 있다


붉은 달 아래 강물이 지나는 도시
도시가 구워낸 거대한 빵 속엔
누군가의 잘린 팔 서둘러 묻힌 누군가의 발가락
무서운 속도로 회전하며 떨어지는 달, 그러나
지면地面은 그저 그뿐, 달에서는 모래 한 톨 오지 않는다
차라리 거대한 LPG 충전소의 폭발이 더 현실적이다


비명을 지르며, 아니 비명이라도 지를 줄 아는
나무들은 거리로 뛰쳐나와 사람의 뺨을 때린다


사람은 단지 새로운 아이만 낳을 수 있을 뿐
그래, 너는 상추를 낳고 너는 참외를 낳고 너는 너도밤나
무를 낳고
낳고, 낳고, 또 낳고
나무인 너는 무어 그리 잘한 게 있다고?


달빛 아래 검은 기름과 폐수가 범람하는 곳

가끔 벌에게 쏘일 때만 잠시 고통을 느껴, 그랬던가?

쓰레기는 다른 쓰레기와 몸 섞으며
알지 못할 내일로, 끝없이, 끝없이 흐른다

# 우연을 가장한

새삼스레 세기말적인가
묻지 마라
들을 준비가 안 되어 있다면
묻지 마라
행성 배열이 잘못 되어서
지나가던 혜성이 길을 잃어서
뜨거운 용암이 분을 못 참아
나무든 밭이든 지붕이든 울분을 토해놓는
그런 밤이 아니다 오늘은
응력과 장력이 균형을 맞추느라
어쩔 수 없이 몸 비트는
그런 지진의 밤이 아니다 오늘은


우연을 가장한, 지진이 일어나고
우연을 가장한, 돌풍이 집을 찢으며
우연을 가장한, 혜성이 철로와 고속도로를 엎어 뒤집고
(지금이야말로!)
우연을 가장한 맨홀과 싱크홀이 내 가족과 삶들을 송두리
째 빨아들이며
우연을 가장한 우연이 뱀처럼 밀어닥치는
(지금이야말로!) 그런 밤이다

묻지 마라
새삼스레 세기말적이냐고
들을 준비가, 되어 있지 않다면
묻지 마라!

# 태양의 행방

1
아침의 거울 속 우리의 얼굴 지우며
얼굴 저 안쪽에서 쇠사슬 끌며 걸어 나오는
또 다른 얼굴, 일그러진 입술이 움직일 때마다
우리를 가두고 우리를 고문하는
모든 벽면에 짓이겨진 붉은 꽃물들
아침에 읽는 모든 페이지마다 행군해 가는 검은 군화들
우리들의 건강과 평화를 음미하면서,
단숨에 마셔요, 충실한 나의 노동자! 생각할 틈 없이
잠이 몰려오고, 잠이 잠든 나머지 팔 하나를
베어 먹고 더욱 깊이 빠져드는, 혼곤한 잠

2
그는
정원의 모든 나무를 뽑아 던졌다 5월의 푸른
햇살, 구덩이 속에다 우리를 매장하였다
무덤으로 가는 유일한 통로 외엔
모든 도로가 차단되었다
유일한 통로, 저녁의 회색 커튼을 열자
공장과 학교로 가는 길이 문득 낯설어지고
알 수 없는 힘들이 집으로 오는 길을 어둠 속에 감춘다

감출 수 없는 것은 강렬한 빛 아래 떨고 있는
푸른 정원의 흰 배와 가녀린 등판뿐
바닥없는 지하 창고로 포대자루처럼 떨어질 때
영혼이 느끼는 그 싸늘한 치욕이란!
(우리에게도 영혼이 있느냐?)
포충망 속에 퍼덕이는 날개 잃은 풀벌레
벌레처럼 낮게 엎드려 우리는
한 잎 한 잎 잎사귀를 떨군 채 영문 없이 흐른다

흘러, 상상의 관습과 신화의 검은 두 손뼉이 컹컹
문명과 구속과 권력과 윤리의 양철 지붕이 휘청
푸줏간 고기처럼 시간의 고리에 매달려 썩어가는
늙은 법전이, 근엄한 입술이 자랑하는 *freedom*!
프리덤에 배어드는 피, 흘러라!

흘러, 옛 기억 더듬어 쇠사슬에 피어나는 칸나꽃

칸나꽃 짙은 잎사귀 아래, 은밀히
잠 안쪽에서 우리가 벌떡 벌떡 일어설 때
어떤 숨겨진 비밀을 말하려는 듯
칸나꽃 봉우리가 터지려 할 때

3
여름의 입구에서 우리는 칸나를
여름의 출구에서 우리는 칸나를
빗물에 얼룩진 빵과 함께 뜯었다
뜯긴 살에 피 한 방울 돋지 않아!
우리는 이미 무엇으로부터 눌리고 말라 있다
수건처럼 말라붙은 수천만 장의 칸나꽃 붉은 잎사귀
핏줄처럼 살에 파고드는, 붉은 강

강물이 물고기의 상처에 진흙을 채우는 시간
지도에도 없는 곳으로 넘어간 태양
모든 물의 벽에 새겨진 나무들의 비명

아, 5월에 모든 것이 얼어붙어
톱니바퀴는 멈추고 엔진은 꺼지고 밧줄은 풀리며
심장은 풍선처럼 주름지고 전등은 스스로
제 자신을 끄고 말았다

4
지하 창고의 어둠 속에서 무릎걸음으로
칸나를 생각한다

습기에 젖은 성냥처럼 힘겹게
칸나의 기억을 불러 와
그 마른 칸나꽃 잎사귀에 숨죽여, 불 붙인다

어두운 벽에 흘러내려 멈춘
짓이겨진 꽃물들
그 문장들을 읽는다!

두루마리처럼 말려 올라간 구름에조차
밤낮 종작없이 부는 바람에조차
생각 없이 비추는 하찮은 거울에조차
태양은 이미 많은 것을 증언하였으니

강물이 토해 놓은 물고기
물의 벽에 얼룩진 나무들의 그 하얀 선혈로도
이미 차고 넘치나니

모든 별들과 태양이 한꺼번에 폭발하듯
무덤으로 열린 모든 길들이여
불타올라
일어서라!

# 긍정과 생성을 지향하는 화和의 시학
## ─천병석의 시세계

구모룡(문학평론가)

시인에게 세계에 대한 불화는 추억이나 이상의 지향으로 인하여 발생한다. 이는 시간의 흐름에 따라 삶이 훼손되고 고갈되며 타락하고 있다는 의식과 연관된다. 흔히 시적 세계관을 동일성이나 연속성으로 단순하게 이해하기 쉽다. 그런데 이와 달리 단절이 서정의 일반적인 요건이라고 할 수 있다. 많은 경우에 시인은 단절 이전의 추억을 생각하고 단절에도 불구하고 '아직은 아니다'라는 긍정과 생성의 염원을 품는다.

천병석 시인의 시도 일견 묵시록적 이미지를 통하여 현실에 대한 회의와 문명에 대한 환멸을 드러내기도 하지만, 곧 기저에 흐르는 화해和諧의 갈망이 가열함을 알게 한다. 가령 시집의 앞부분에 놓여 있는 시편인 「사막과 바다」는 상충하는 상황과 이미지가 만나 소멸과 파국으로 귀결하지 않고 생성하는 양상을 보여준다. 상반상성相反相成의 과정이라 하겠는데, 3부로 나뉜 배치가 서정의 변증법에 상응한다. 1부에서 바다를 향한 자전거와 사막을 향한 바퀴가 2부를 경유하면서 파국적인 상황과 맞

닥뜨린다. "창문 안의 한 세계는 텅 빈 병풍처럼 쓰러지고 / 그리움에 핀 해바라기마저 해변에 닿기 전 목이 꺾인다 / 비와 바람과 거센 파도 넘실대는 창밖으론 / 안으로 들어가지 못한 꽃들이 산더미처럼 쌓인다"와 같은 구절처럼 한 세계가 허물어지고 있다. 하지만 3부는 "나와 그대가 만나 검붉은 꽃 한 송이 사막에 낳았으리라 / 자전거와 바퀴가 당도한 모든 그곳의 바다"라는 구절로 시작하면서 "검은 회전"으로 "물과 불과 바람이 만나 / 빛과 어둠이 만나 저어기 저, 푸르고 검은 바다가 되었으리라 / 바다와 사랑이 온통 넘치며"라고 진술하면서 사랑의 새로운 발명으로 나아간다. 물론 "언젠가 말하고 잊어버린 / 사랑해, 하는 속삭임"이 1부에 전제되어 있다. 결국 모든 대립을 포용하는 바다의 생성하는 에너지가 주요한 시적 벡터임을 알게 한다. 천병석의 시에서 '바다'는 매우 중요한 이미지이다. "바다가 무엇이냐 묻지 마라"라고 하면서도 삶과 죽음을 모두 아울러 존재하는 대생기大生氣가 바다임을 「바다, 나무, 바람의 친화」는 지시하고 있다. 그러니까 바다는 단순한 대상이 아니며 몸속에 내재하는 원소이다. 어떻게 보면 시인은 기氣의 우주라는 입장을 견지하고 있다. 「혜성이 모두 친절하진 않다 1」이 말하고 있듯이 "마른 흙은 물이 되어 끓어오르고 / 진흙은 꽃이나 물푸레나무가 되기도" 한다. "끓어오른 물방울 몇은 / 다시 딱정벌레가 되어 창문 너머 달아나기도" 하고, "숲속의 여우는 때 아니게 엄나무"이고 "친절한 토끼는 본의 아니게 찔레꽃"이 된다. 그래서 시적 화자는 "모든 운동의 방향을 남김없이 관측하기란 불가능하다"라고 말한다. 이처럼 시인은 생명의 세계 안에서 관측하고 기록하는 시적 수행을 지속한다. 긍정과 화해, 생명과 생성의 지평이 뚜렷하다.

구름 위의 원탁회의 같은 것이라고
손바닥 뒤집기 게임 같은 것이라고
세계의 진실성 따윈
공기만 잔뜩 불어넣은 과자 같은 것이라고
말하지는 마시게

누가 과연
구름을 믿고 공기의 다정함을 믿으며
너무 차거나 덥지 않은 땅의
변함없는 노고를 믿고
살갑게 맞아주는 굴참나무나 소나무의 향기를 믿으며
믿어 의심치 않는 9월의 소풍을 계획할 수 있을 것인가

장자莊子의 나비가 건너간 곳도
저어기 유채꽃 피는 세상
고즈넉이 눈 내리는 여기 이 세상
우리의 몸이 허공이 아닌 바에야
태양이 데운 따스한 바윗돌 같은
그예 쓸만은 한 초옥草屋에라도 누워보고 싶지 않으리

10월에 우는 찌르레기, 귀뚜라미 우는 소리
밤새 지은 시를 딱따구리 총각에게 건네면
다래 열매 한 타래든 밤 한 톨이든

곱고 실하게 자라도록 운율 실어 전해주고

중천에 뜬 달님에게 시평이라도 한 번
내려주십사, 청해보고 싶지 않으리

「유채꽃 피는 세상」 전문

시인의 시관을 말하고 있는 메타시로 보아도 되겠다. 시인
은 시가 환상이나 추상 그리고 관념을 진술하지 않으며 사물과
의 감응과 생명현상과 살아있는 감각을 지향함을 의도한다. 그
래서 "장자의 나비가 건너간 곳도 / 저어기 유채꽃 피는 세상"이
라고 생각한다. "고즈넉이 눈 내리는 여기 이 세상"이 시와 삶의
장소이자 지평이라는 입장을 지닌다. 기의 우주는 달리 몸의 시
학이다. "우리의 몸이 허공"이 아니므로 감각으로 감응하는 시
의 세계가 열리는 법이다. 이를 통하여 이미지와 운율을 얻고 구
체적인 언어를 만난다. 「공중의 어떤 입구」도 시에 관한 시에 속
한다. "다른 세상으로 들어가는 입구"를 만나려는 의지의 표명
으로, 새로움과 낯섦을 추구하고 지향하는 태도라기보다 시를
통해 확보하거나 혹은 시가 열어 보인 어떤 입구를 통해 소멸
과 생성을 재인식하는 계기를 얻고자 한다. 즉 "갯벌에 뚫린 게
구멍 같은 그런 집"을 갈망한다. 시인에게 허공은 허무가 아니
며 생성하는 무이다. 이렇게 하여 시인은 시적 화자의 입을 빌려
"나의 일과는 / 부딪혀오는 바람과 지푸라기의 내력까지 남김없
이 적는 일 / 낮과 밤의 경계가 서로 섞이지 않도록 창문을 내리
는 일 / 기다리면 언제나 오는 차례처럼 별들이 부풀어 오를 때
/ 죄란 죄는 모두 화톳불에 던지고 / 세상 밖에 있는, 어떤 세상

안으로 / 가만히 낙과를 기다리는 과일처럼 / 세상 안에 있는, 어떤 세상 밖으로 / 툭! / 굴러가 영원히 잠이 드는 일"(「혜성이 모두 친절하진 않다 2」)이라고 진술한다. 시인의 의식은 안과 밖, 열림과 닫힘의 경계가 없다. 살아있는 생명의 감각으로 사물을 만나고 있다.

　서정 시인에게 화해나 동일성은 그저 주어지는 의식 현상이 아니다. 오히려 결여와 간극에 기인한 우울한 현실이 일상이다. "가족들은 / 사회 구성원들은 자주 실신하며 서정시처럼 신경증이 깊다"(「양들에 관한 기록 1」)라는 진술이 말하듯이 가족과 사회 그리고 시인의 '신경증'은 분리되지 않는다. 앞서 언급한 사막과 바다 이미지의 변증처럼 시인은 삶을 사막을 걷는 낙타에 비유하기도 한다. 장시인 「낙타의 꿈」은 다소 난해하지만 「사막과 바다」의 독법에 기대어 바다를 잃고서 사막을 바다로 오인하며 사는 삶의 허구성을 비판하는 내용으로 읽을 수 있다. 이는 에필로그가 뒷받침한다. "낙타는 TV 앞에 가부좌를 틀고 앉아선, 이제 더 이상 무엇을 운반하는 일은 없다 온종일 모래언덕을 넘어와 지치고 부르튼 발 담그곤 하던 물과 구름과 장미의 그늘은 옛일이 되고 말았다 서툰 사랑과 고뇌와 열정 그리고 순수한 저항 같은 것은 모니터 안에서만 일어나는 일일뿐"(「낙타의 꿈」) 실재의 바다를 상실하고 가상의 사막에 포박된 일상의 삶을 비판한다. "하나의 생이 오롯이 건너야 할 바다"가 있으나 '모래 바다'라는 사실을 모르고 삶의 열망을 흡수당하면서 치욕을 감내하는 생이 있다. 물론 시 속의 '나'는 이러한 가상에 저항하면서 진정한 생명의 꽃을 피우고자 한다. "식물도 아닌 광물도 아닌 저들의 거친 숨소리 달을 울릴 때 / 신음만으로 이루어진 신음의 선혈, 두 귀 가득 차오를 때 / 모래 속에 묻힌 청동검처럼 떨며, 동강난 몸 움켜쥐고, 나는 / 안과 밖, 위아래조차 분간할 수 없이 금간 이 오래된 세계를 / 처음인 듯, 아주 오래, 바라본다 / 툭, 툭 씨앗처럼 터지며 나의 살을 뚫고, 그 무엇이든 / 새싹처럼 돋아나올 때까지! // 안개의 입자들이 서로를 끌어당겨 물방울이든 눈물이든 / 세계의 면전에, 그리고 저들의 지친 눈앞에 그 무엇이든 / 한 송이 꽃처럼 피워낼 때까지!"(「낙타의 꿈」) 하지만 "낙타가 딛고 가는 사막"은 집요하게 실재를 가로막는다. 그만큼 시의 변증법은 지난한 과정이다. 극장과 같이 현실은 진정한 '나'를 망각하고 수동적인 관객이 되게 한다. 상실과 결여로 인하여 시인의 우울이 깊을 수밖에 없다. 세상을 휩쓸고 다니는 불길한 바람은 삶을 끝없이 사막으로 이끈다. 진실을 향한 항해를 불가능하게 하며 난파하는 세계의 구경꾼으로 만든다. 어떤 의미에서 「낙타의 꿈」의 대극에 놓인 시편이 「꽃들, 폭포에 피다」라 할 수 있다. 전자에서 피우고자 한 존재의 꽃이 선연한 형상으로 대두한다. "떨어지는 꽃들의 찰나를 보고 싶다 / 아침이 오는 소리를 듣고 싶다"라는 갈망이 화자를 "폭포 위로" 이끈다. "존재의 호통 소리를 듣고 싶다"는 의지의 표백인데 이러한 의지는 "따스하고 부드러운 죽음의 혀를 밟고 바다를 건너고 싶다 / 노 저어 오는 무덤을 마시고 노래를 부르고 싶다"는 형태로 존재와 시간에 관한 하이데거의 명제에 가닿는다. 곧 죽음을 인식하는 참된 존재에 대한 인식이다. 이렇듯 "그 고요의 안쪽에 달라붙어 반딧불처럼 깜박이는 / 무덤을 파고 싶어라"라고 노래함으로써 존재의 미광微光을 안으로부터 밝히고자 한다. 사막의 은유를 통한 우회가 없으므로 이 시의 진술과 이미지는 매우 직

절直截하다. 그 어떤 심연을 향한 행로가 지극하다. "현재와 미래가 뒤엉켜 소용돌이치는 아득한 소沼 / 산 자들의 메아리와 죽은 자들의 메아리가 번갈아 들리는 / 물레방아 소리"는 깊고 어두울 수밖에 없다. "폭포 위" "아득한 높이"에서 "고적과 막막함 그리고 용맹함"을 생각하는 이의 내면이다. 삶과 죽음이 한꺼번에 지각되는 자리가 아닌가! "영원히 뛰어내리는 폭포 / 영원히 맴돌며 빠져나오지 못하는 그늘 깊은 물"과 같은 존재의 조건에 대한 인식이 있다. 이리하여 5부로 구성된 「꽃들, 폭포에 피다」는 다음과 같이 결구를 맺는다.

생의 한 가운데로 나아가는 거라 믿으며
우리 중 누군가는 바다의 바닥까지 손을 넣어보고 싶어 했어
바다의 밑바닥인 채, 걷어내듯 아래로부터 쭈욱, 장판처럼
바다를 뜯어 올려보고 싶었던 거야 무엇이 들어 있나 하고
또 다른 누군가는 몸 열어 속에 든 모든 것을, 꺼내 놓아
보여주어야만 했어!
멀고 먼 바다에 뿌리째 닿으려면
바다의 가장 쓰린 기억과 입을 맞추어야 했기 때문이지
시간의 겨드랑이에 맺힌 가장 짠 어떤 것
이슬방울이든 눈물이든
소금에 절인 바람의 심장 같은 것
나 역시 그러하다는
바로, 그 말을, 해줘야만 했던 거라구!

「꽃들, 폭포에 피다」 부분

이처럼 시인은 화자의 입을 통하여 존재의 실재나 심연에 가 닿으려는 결연한 의지를 표명한다. "바로, 그 말을, 해줘야만 했던 거라구!"라는 마지막 구절이 보여주는 목소리와 태도는 "생의 한 가운데"에서 "바다의 바닥", "바다의 밑바닥"을 보려는 시인의 진정한 표정을 만나게 한다. 천병석 시인에게 '바다'는 존재의 근원, 생명의 기원, 무의식, 기억의 원형 등으로 이해해도 초과하는 의미를 지닌 궁극과 같다. 사실 의식을 이러한 지향으로 끌고 가는 일은 위험한 모험이다. 삶과 죽음을 넘어서 "움직일 수 없이 죽음의 저쪽"(「도망치는 미이라」), 부재의 영역으로 진입하는 과정이다. 그만큼 시인의 생철학이 깊은데 이와 같은 수행을 쉼 없이 지속하긴 힘든 일이다. 「도망치는 미이라」가 보여주듯이 심연을 향한 시인의 시적 질주는 그의 시를 읽는 이에게 난해의 장벽을 드리는 일이 되기도 한다. 다시 생활세계로 귀환하고 현실과 추억을 말하며 구체적인 사물과 대면하지 않을 수 없다.

「양들에 관한 기록」 연작과 「태양의 행방」은 현실의 상징질서와 폭력의 구조에 대하여 진술한다. 「양들에 관한 기록 1」은 앞에서 잠시 언급한 "사회 구성원들은 자주 실신하며 서정시처럼 신경증이 깊다"라는 구절의 해명과 연관된다. 집과 아버지와 양¥으로 비유된 가족 구성원의 이야기인데 "집들이 괄호 안에 갇혀 숨 못 쉬는 밤"의 정황으로 서술된다. 어떤 가족이든 하나의 얼굴을 하고 있지 않다. 가족의 역사는 추억을 만들기도 하고 추억을 휘발시키기도 한다. 가령 「겨울 산을 지키다」와 같이 유년의 풍경 속에 등장하는 아버지는 「양들에 관한 기록 1」의 억압적인 아버지와 다른 모습이다. "먼 길 돌아 장에 갔다 오시는 아버지"의 추억은 "겨울나무의 거친 속살과 물관에 고요히 스미어 쉬고 있어도 / 뿌리들 옹크린 어두운 지층 아래 송글송글 잠겨 있어도 / 눈과 귀 쫑긋 세운 물방울들이 언제나 / 아버지의 발자국 소릴 기록하고 있기 때문"(「겨울 산을 지키다」)이라고 기억한다. 「양들에 관한 기록 2」는 아버지와 양의 관계를 해명한다. 선善, 의義, 미美의 어원에 담긴 양의 의미를 소환하는 방식이다. 제정일치 시대에 양은 제의와 권력의 표상이다. 하지만 현대세계에서 양들은 아버지로 상징되는 대타자의 질서를 옹위한다. "모든 羊들이 아버지를 에워싸고 돈다, 모르고 / 돌고 있는 그곳이 바로 덫이고 허방이다"라는 진술처럼 상징계의 중심에 아버지가 있다. 이러한 상황에서 "오늘이나 내일은 아버지의 소유일 게 뻔하다"(「양들에 관한 기록 2」)라고 인식한다. 「태양의 행방」은 아버지로 표상된 상징질서에서 더 나아가 이러한 질서에 내재한 구조적 폭력의 문제로 건너간다. 1980년 5월의 기억을 소환하고 있는 것으로 짐작된다. 시 속에서 이러한 기억을 환기하는 매개가 태양이고 칸나이다. 1부는 "우리를 가두고 우리를 고문하는" "아침에 읽는 모든 페이지마다 행군해 가는 검은 군화들"의 기억을 불러낸다. 이러한 상황은 2부의 전반부에서 다음처럼 진술된다.

그는
정원의 모든 나무를 뽑아 던졌다 5월의 푸른
햇살, 구덩이 속에다 우리를 매장하였다
무덤으로 가는 유일한 통로 외엔
모든 도로가 차단되었다

유일한 통로, 저녁의 회색 커튼을 열자

공장과 학교로 가는 길이 문득 낯설어지고

알 수 없는 힘들이 집으로 오는 길을 어둠 속에 감춘다

감출 수 없는 것은 강렬한 빛 아래 떨고 있는

푸른 정원의 흰 배와 가녀린 등판뿐

바닥없는 지하 창고로 포대자루처럼 떨어질 때

영혼이 느끼는 그 싸늘한 치욕이란!

(우리에게도 영혼이 있느냐?)

포충망 속에 퍼덕이는 날개 잃은 풀벌레

벌레처럼 낮게 엎드려 우리는

한 잎 한 잎 잎사귀를 떨군 채 영문 없이 흐른다

「태양의 행방」 부분

　공장과 학교와 같은, 모든 공적 공간이 차단되고 사적 공간인
'집으로 오는 길'도 '어둠 속'에 잠긴다. 집과 길, 공장과 학교가
폭력 속에 놓이면서 삶은 영혼 없이 "싸늘한 치욕"일 뿐이다. 물
론 내면에 흐르는 자유에 대한 갈망은 뼈아픈 상처의 기억으로
남는다. "흘러, 상상의 관습과 신화의 검은 두 손뼉이 컹컹 / 문
명과 구속과 권력과 윤리의 양철 지붕이 휘청 / 푸줏간 고기처
럼 시간의 고리에 매달려 썩어가는 / 늙은 법전이, 근엄한 입술
이 자랑하는 freedom! / 프리덤에 배어드는 피, 흘러라!"라는
외침이 "옛 기억 더듬어 쇠사슬에 피어나는 칸나꽃"으로 되살아
난다. 이 시가 말하듯이 존재와 세계의 양면에서 천병석의 시적
기투企投는 가열하다. 「꽃들, 폭포에 피다」와 같이 실존의 모험
이 있는가 하면 「태양의 행방」처럼 세계를 회피하지 않고 직면

하는 의지가 있다. 3부가 말하듯이 "모든 것이 얼어붙어 / 톱니
바퀴는 멈추고 엔진은 꺼지고 밧줄은 풀리며 / 심장은 풍선처럼
주름지고 전등은 스스로 / 제 자신을 *끄고*"만 "5월"이다. 하지만
시적 화자는 마지막 4부에서 메마른 기억에 생기를 불어넣는다.

지하 창고의 어둠 속에서 무릎걸음으로
칸나를 생각한다
습기에 젖은 성냥처럼 힘겹게
칸나의 기억을 불러 와
그 마른 칸나꽃 잎사귀에 숨죽여, 불 붙인다

어두운 벽에 흘러내려 멈춘
짓이겨진 꽃물들
그 문장들을 읽는다!

두루마리처럼 말려 올라간 구름에조차
밤낮 종작없이 부는 바람에조차
생각 없이 비추는 하찮은 거울에조차
태양은 이미 많은 것을 증언하였으니

강물이 토해 놓은 물고기
물의 벽에 얼룩진 나무들의 그 하얀 선혈로도
이미 차고 넘치나니

모든 별들과 태양이 한꺼번에 폭발하듯

무덤으로 열린 모든 길들이여

불타올라

일어서라!

「태양의 행방」 부분

이처럼 '칸나의 기억'은 붉은 생성의 기운으로 살아난다. 구름
이며 바람 그리고 태양의 증언이 그러하듯이 새로운 재생의 길
이 열린다. 환멸을 딛고서 무서운 희망의 지평을 개진한다. 이
시편에서 보이는 세계의 폭압에 대한 부정성과 저항성은 어느
정도 자전적 경험의 흔적을 담고 있는 듯하다. 무엇보다 어조와
태도가 이를 보증하고 있다. 이러한 시편에서 또한 주목할 일은
인사人事의 문제를 자연의 유비로 풀어가는 방식이다. 사물의 이
치와 삶의 원리가 다르지 않다고 생각한다. 예를 들어 「품성론」
을 읽으면 "분별과 차이가" 많아진 현실에 대한 염려가 뚜렷하
다. 시인이 지닌 사유의 형태가 유기론organology에 바탕을 두고
있음을 짐작하게 하는데 이는 「물 아래 화和의 순간」을 통하여
알 수 있다. 알다시피 화는 동아시아의 보편적인 미적 범주이다.
이는 생명과 관계, 생성과 과정의 시학을 구성하는 원리이다. 때
론 순리라는 형태의 수동적인 적극성으로 나타나지만 「태양의
행방」에서와 같은 불의에 맞서 강한 저항성으로 표출되기도 한
다. 천병석의 시학에 이와 같은 화의 지평이 놓여 있다. "들에 나
갔다, 화를 구경하였네"로 시작하는 「물 아래 화의 순간」은 화의
유동과 생성을 그렸다. "물에 잠기고 물로 닫힌 / 월면처럼 적요
한 이 물아래의 세상 / 다만 존재하고 있다는 그 이유 하나만으
로도 / 우연히 같은 시간 같은 공간을 쓰고 있다는 / 단지, 그 우

연 하나만으로도 / 이들이 충분히 이루어내고도 남은 / 명백한 어떤 화의 순간을 / 물의 주름에 오래도록 나는 기록해 두고 싶네!"(「물 아래 화의 순간」)라는 결구가 전하는 파문이 작지 않다. 「겨울, 운문 계곡」의 "작은 세계"나 「'풍경' 찻집의 풍경」이 보여주는 "작은 연못의 도리", 그리고 「운문댐, 겨울 풍경」을 형성하는 사물들은 화의 풍경에 다름이 없다. 이들은 모두 내부와 외부가 상응하는 감응의 미학을 지닌다. 「부부론」이 담고 있는 순환의 농적農的 풍경이나 「비 오는 날의 수묵화」의 시간론도 유기적 세계관을 표현하고 있으며 이는 달리 천병석의 시인됨을 형성하는 기저라 할 수도 있다.

자연과 농업의 경험은 시인의 주요한 아비투스라 생각한다. 이에 더하여 「산골 시인의 겨울 여행」이 전하듯이 시인의 생활 세계는 현대 도시와 거리가 있다. 농촌(혹은 산촌)과 도시의 이분법이 아니라 생산력에 기반한 현대 문명에 대한 위기의식이 기억을 소환하고 추억을 새로운 맥락이 되게 한다. 「우연을 가장한」이 말하듯이 지금은 "우연을 가장한 맨홀과 싱크홀이 내 가족과 삶들을 송두리째 빨아들이며 / 우연을 가장한 우연이 뱀처럼 밀어닥치는" "그런 밤"의 시대라는 인식이 자리한다.

캄캄한 밤
샛강에서 흘러 들어온 쓰레기와 몸 섞으며
모든 쓰레기들은 바다로 가고 있다

붉은 달 아래 강물이 지나는 도시
도시가 구워낸 거대한 빵 속엔

누군가의 잘린 팔 서둘러 묻힌 누군가의 발가락

무서운 속도로 회전하며 떨어지는 달, 그러나

지면地面은 그저 그뿐, 달에서는 모래 한 톨 오지 않는다

차라리 거대한 LPG 충전소의 폭발이 더 현실적이다


비명을 지르며, 아니 비명이라도 지를 줄 아는

나무들은 거리로 뛰쳐나와 사람의 뺨을 때린다


사람은 단지 새로운 아이만 낳을 수 있을 뿐

그래, 너는 상추를 낳고 너는 참외를 낳고 너는 너도밤나무를 낳고

낳고, 낳고, 또 낳고

나무인 너는 무어 그리 잘한 게 있다고?


달빛 아래 검은 기름과 폐수가 범람하는 곳

가끔 벌에게 쏘일 때만 잠시 고통을 느껴, 그랬던가?


쓰레기는 다른 쓰레기와 몸 섞으며

알지 못할 내일로, 끝없이, 끝없이 흐른다

「쓰레기들은 바다로」 전문


그야말로 '쓰레기가 되는 삶'을 표현하고 있다. 강이 오염되고 '붉은 달 아래 강물이 지나는 도시'의 엔트로피는 갈수록 높아지고 있다. 초월이나 환상을 생각할 수 없는 현실은 사실 절박하다. 그러함에도 무통의 문명과 탈脫 감정의 사회는 '캄캄한 밤'의 '검은' 미래를 제대로 인식하지 못한다. "독이 / 그토록 빠

르고, 은밀하게, 너무도 오래 / 도시 전체를 휘감아"(「다수, 몰지 각한」) 물들이고 있는 파국의 전야를 모른다. "우리들 중 아무도, 학자들 중 아무도 / 기관원이나 관료들 중 아무도 / 그 많은 기 자들 중 아무도 / 시나 그림, 음악을 하는 사람들 아무도 / 아무 도 / 몰랐다는 게, 도무지, 이게 말이 돼? / 다급하게, 댐이, 터져 / 모조리 쓸려 내려갈 / 지금 / 이게 말이 돼?" 시인의 근본적인 항변이 절실하다. 교환가치가 지배하는 현실과 자기 전시에 열 중하는 예술가와 시인의 욕망을 비판하는 절박한 목소리가 느 껴진다. 시인이 인식과 사유의 폭을 넓히고 그 깊이를 더할 수밖 에 없다. 시마저 사유화되는 나르시시즘의 문화 속에서 구체적 인 삶을 바로 보고 수행하려는 의식이 분명하다. "죄를 털고 일 어나고 싶지만 / 연기에 잠긴 마을처럼 실행은 늘 어렵다"(「산촌, 나의 죄」)라는 고백이 진정하다. "왜 우리의 눈물은 마를 날 없고 / 흰 등허리 같은 산하 / 오늘도 해는 떠 비추이건만 / 왜 우리 의 얼굴은 캄캄 아직 어두운가!"(「십자 문양, 십자가」) 포기할 수 없는 희망으로 시인의 기다림은 지속한다. "관찰자의 시선이 아 닌"(「고분을 보는 방법」) 내부자의 고통을 감내한다. 시인은 '난파 선'의 구경꾼이 아니다. 마음속에 "유년의 다락"이 있고 "붉은 산 수유 열매 알알이 영근 그곳"(「늙은 방물장수처럼 시간이」)에 대한 순수한 추억이 있으므로 악한 현실과 합치할 수 없다. 이와 같은 불합치가 "아, 그 무엇 있어 지난 세월 위 축대 쌓아 / 마당 넓고 처마 긴 푸른 집 고쳐 지어 / 지붕 위 떨어지는 별빛과 빗방울 소리"(「푸른 점 위의 집」)로 시인을 이끌어가면서 "그 누구든 / 가 닿아 / 다시, 또 / 헤엄쳐 / 건너야 할 // 바다"(「숲, 지상에서 하늘 로」)를 향한 항해를 계속하게 한다.

시인 천병석
계명대학교 국문학과를 졸업했으며 「시와 해방」 동인으로 작품 활동을 시작했다. 계간 『사람의 문학』과 『사이펀』 등에 시를 발표했고 한국말의 기원을 밝힌 『영어 한국어 언어전쟁』을 펴냈다. 『양들에 관한 기록』은 그의 첫 시집이다.

**모악시인선 024**

양들에 관한 기록

1판 1쇄 찍은 날 2021년 9월 10일
1판 1쇄 펴낸 날 2021년 9월 17일

**지은이** 천병석
**펴낸이** 김완준

**펴낸곳** 모악

**기획위원** 김유석, 유강희, 문신
**출판등록** 2016년 1월 21일 제2016-000004호
**주소** 전북 전주시 덕진구 기린대로 418 전북일보사 6층 (우)54931
**전화** 063-276-8601
**팩스** 063-276-8602
**이메일** moakbooks@daum.net

ISBN 979-11-88071-35-7 03810

값 10,000원